잘 자, 내 사랑!

쉘리 애드몬트
그림 사미르 바움식

www.kidkiddos.com

Copyright©2015 by S.A.Publishing ©2017 by KidKiddos Books Ltd.

support@kidkiddos.com

First edition, 2018

영한 옮김 백태은
번역 감수 안지원

Library and Archives Canada Cataloguing in Publication
Goodnight, My Love! (Korean Edition)/ Shelley Admont
ISBN: 978-1-5259-0725-8 paperback
ISBN: 978-1-5259-0726-5 hardcover

Although the author and the publisher have made every effort to ensure the accuracy and completeness of information contained in this book, we assume no responsibility for errors, inaccuracies, omission, inconsistency, or consequences from such information.

KidKiddos Books

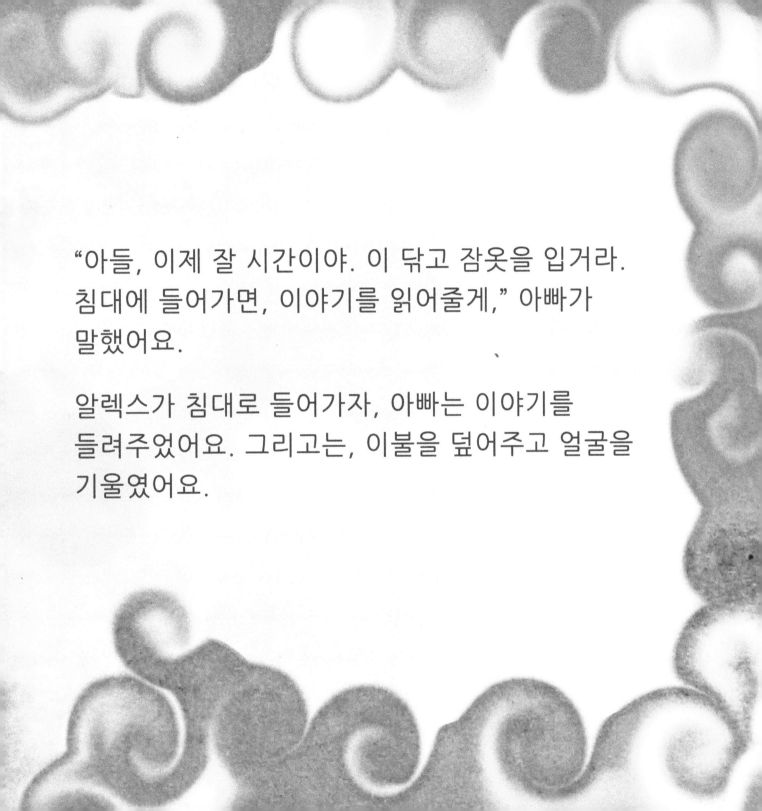

"아들, 이제 잘 시간이야. 이 닦고 잠옷을 입거라. 침대에 들어가면, 이야기를 읽어줄게," 아빠가 말했어요.

알렉스가 침대로 들어가자, 아빠는 이야기를 들려주었어요. 그리고는, 이불을 덮어주고 얼굴을 기울였어요.

"잘 자, 아들. 잘 자렴, 아가. 사랑한다," 아빠가 말했어요.

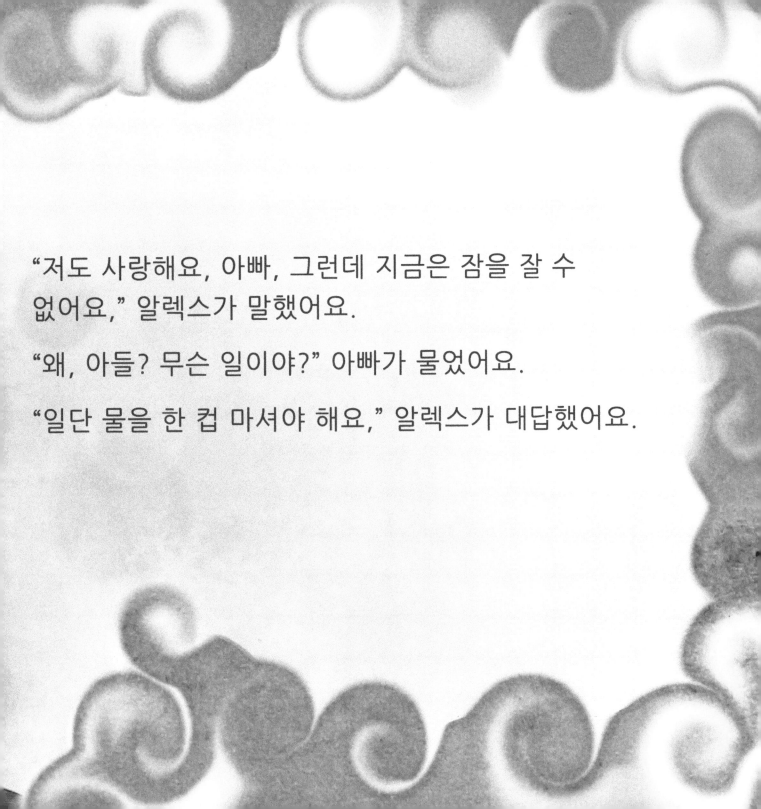

"저도 사랑해요, 아빠, 그런데 지금은 잠을 잘 수 없어요," 알렉스가 말했어요.

"왜, 아들? 무슨 일이야?" 아빠가 물었어요.

"일단 물을 한 컵 마셔야 해요," 알렉스가 대답했어요.

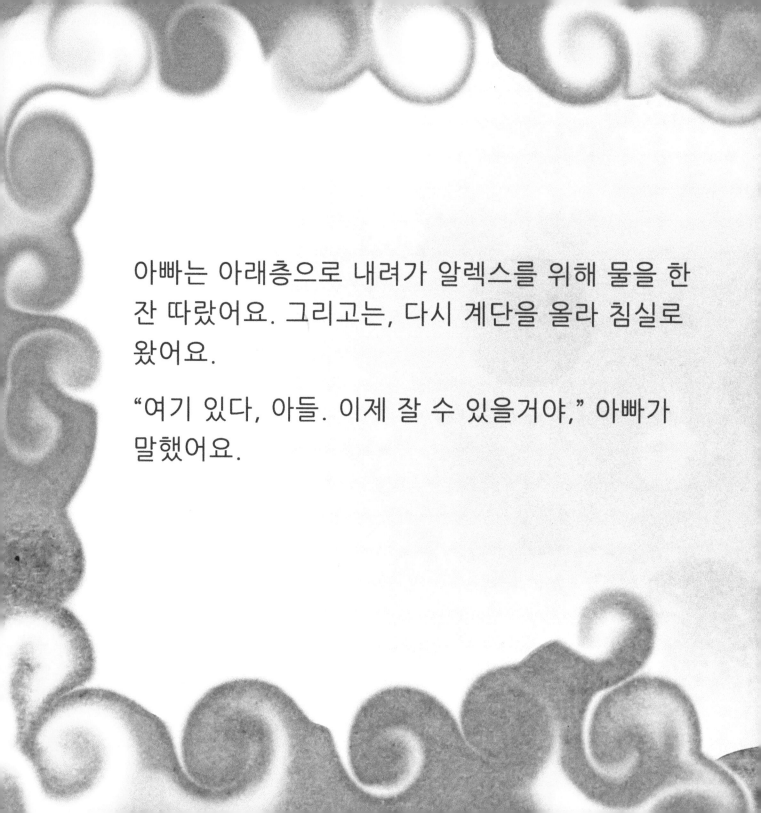

아빠는 아래층으로 내려가 알렉스를 위해 물을 한 잔 따랐어요. 그리고는, 다시 계단을 올라 침실로 왔어요.

"여기 있다, 아들. 이제 잘 수 있을거야," 아빠가 말했어요.

알렉스는 물을 마시고 다시 자리에 누웠어요.
아빠는 이불을 덮어주고 얼굴을 기울였어요.

"잘 자, 아들. 잘 자렴, 아가. 사랑한다," 아빠가 말했어요.

"저도 사랑해요, 아빠, 그런데 지금은 잠을 잘 수 없어요."

"왜, 아들? 무슨 일이야?" 아빠가 물었어요.

"제 곰 인형이 필요해요," 알렉스가 대답했어요.

아빠는 방 한 켠으로 가 파란색
곰 인형을 집어 들었어요.

그리고는 인형을
알렉스에게 가져다
주었어요.

"이거 말구요, 아빠. 회색 곰 인형 말이에요,"
알렉스가 말했어요.

아빠는 웃었어요. 아빠는 계단을 내려가
소파에 있는 회색 곰 인형을 집어 들었어요.
그리고는, 다시 아들 방으로 올라왔어요.

"여기 곰 인형 있다. 이제 잘 수 있을거야,"
아빠가 말했어요.

"고마워요, 아빠!" 알렉스가 말했어요.

아빠는 알렉스와 곰 인형에게 이불을 덮어주고 얼굴을 기울였어요.

"잘 자, 아들. 잘 자렴, 아가. 사랑한다," 아빠가 말했어요.

"저도 사랑해요, 아빠, 그런데 아직도 잠을 잘 수가 없어요." 알렉스가 다시 말했어요.

"왜, 아들? 무슨 일이야?" 아빠가 물었어요.

"음, 어떤 꿈을 꿔야 할 지 모르겠어요,"
알렉스가 답했어요.

"흠, 그거 굉장히 중요한 건데, 그렇지 않니?" 아빠가
말했어요. 알렉스가 끄덕였어요.

"그러면, 우리 같이 꿈에 대해 생각해
볼까?" 아빠가 물었어요.

"좋아요, 아빠!"

"만약 뭐든지 될 수 있다면, 알렉스,
넌 뭐가 되고 싶니?"

"새가 되어 바람을 따라
날고 싶어요," 알렉스가
답했어요.

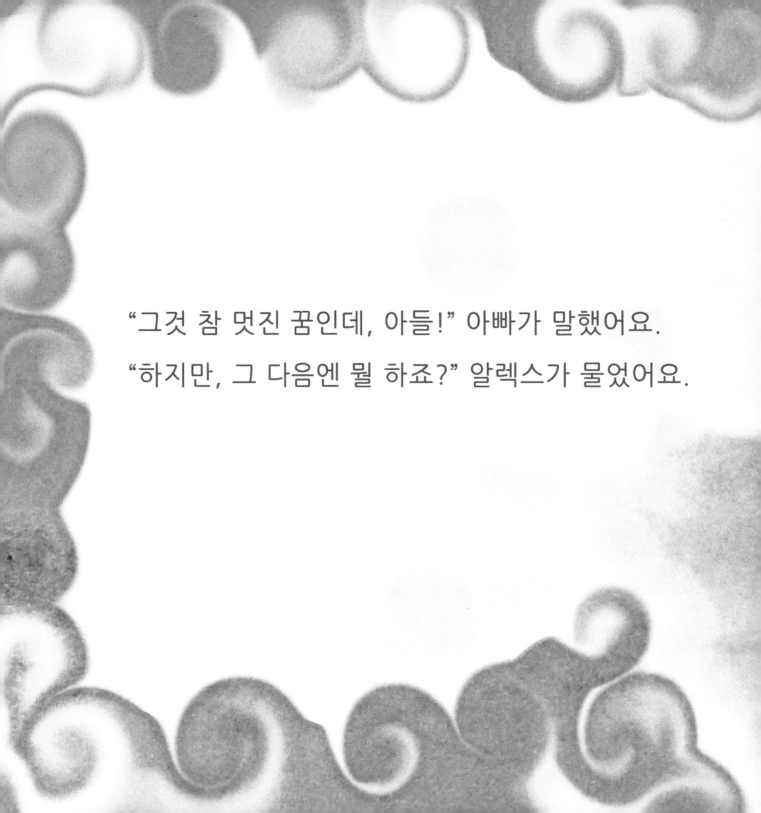

"그것 참 멋진 꿈인데, 아들!" 아빠가 말했어요.

"하지만, 그 다음엔 뭘 하죠?" 알렉스가 물었어요.

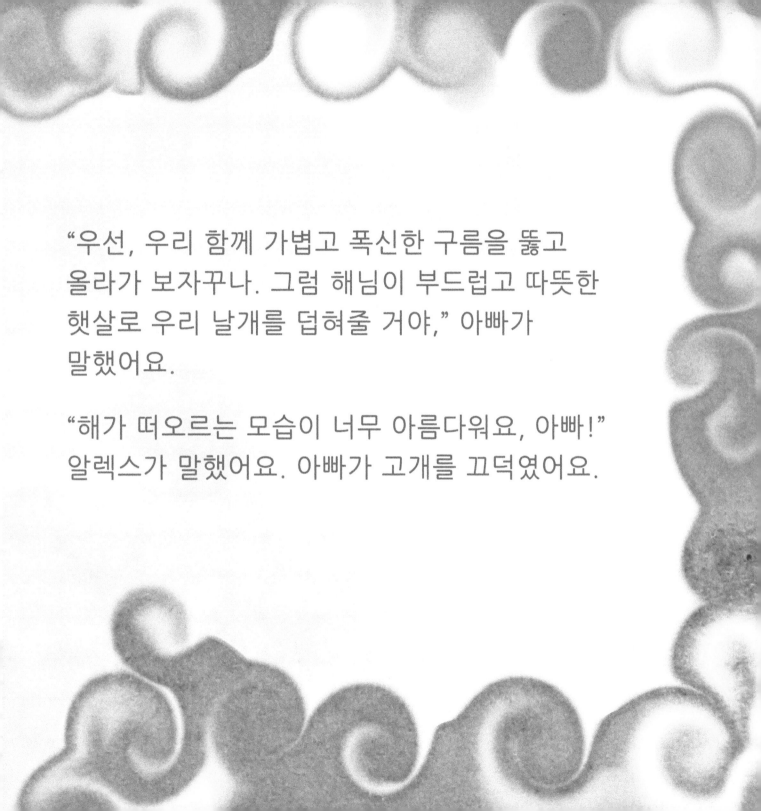

"우선, 우리 함께 가볍고 폭신한 구름을 뚫고 올라가 보자꾸나. 그럼 해님이 부드럽고 따뜻한 햇살로 우리 날개를 덥혀줄 거야," 아빠가 말했어요.

"해가 떠오르는 모습이 너무 아름다워요, 아빠!" 알렉스가 말했어요. 아빠가 고개를 끄덕였어요.

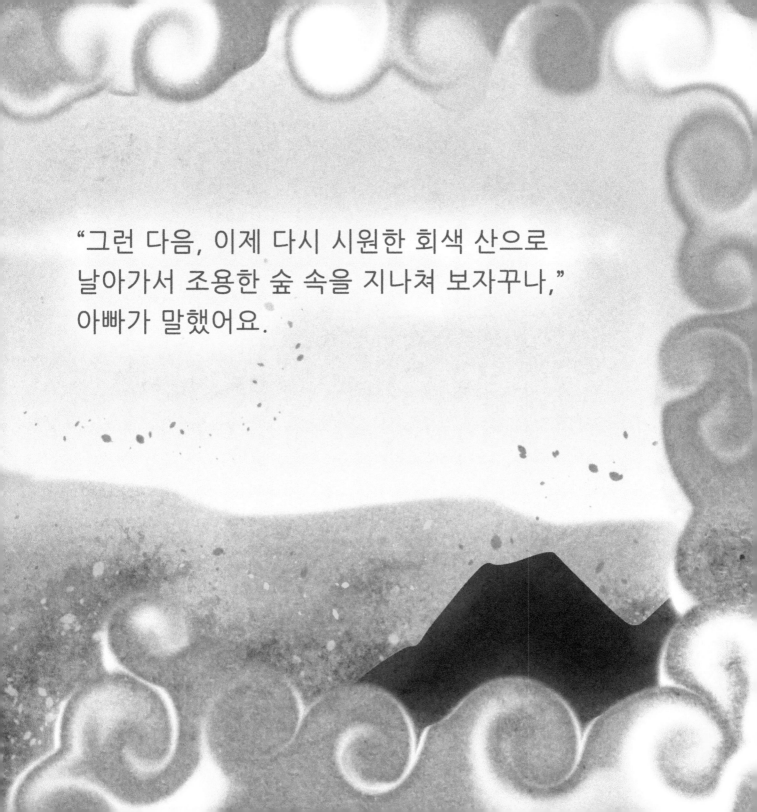

"그런 다음, 이제 다시 시원한 회색 산으로
날아가서 조용한 숲 속을 지나쳐 보자꾸나,"
아빠가 말했어요.

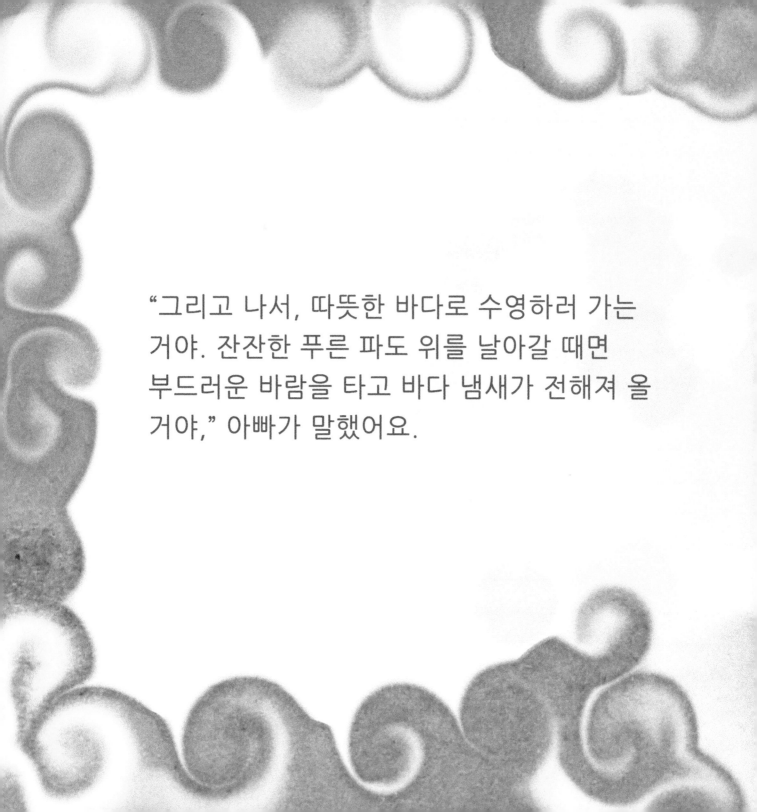

"그리고 나서, 따뜻한 바다로 수영하러 가는
거야. 잔잔한 푸른 파도 위를 날아갈 때면
부드러운 바람을 타고 바다 냄새가 전해져 올
거야," 아빠가 말했어요.

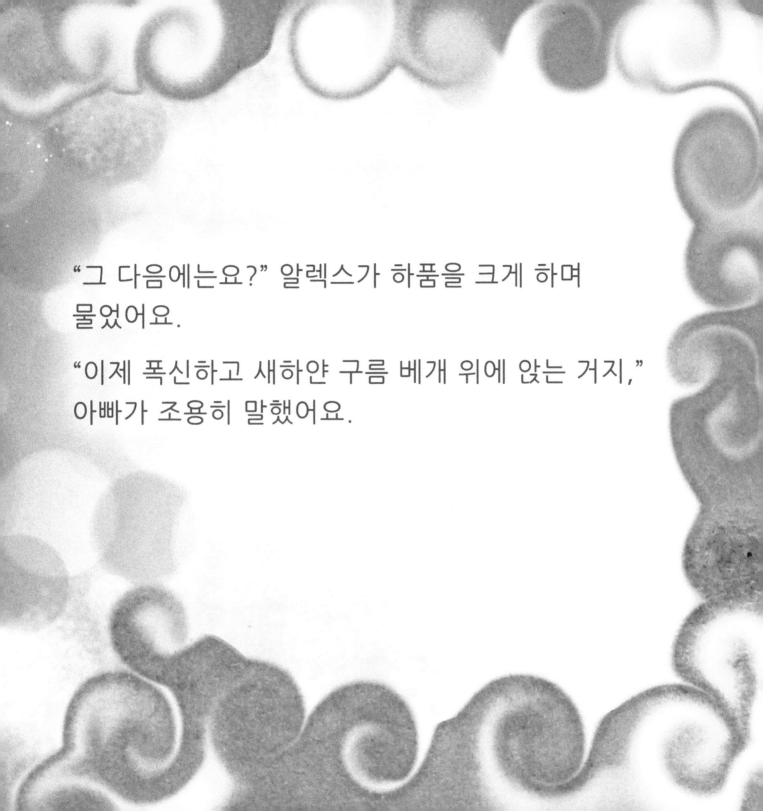

"그 다음에는요?" 알렉스가 하품을 크게 하며 물었어요.

"이제 폭신하고 새하얀 구름 베개 위에 앉는 거지," 아빠가 조용히 말했어요.

아빠는 알렉스가 잠든 걸 보고는 얼굴을
기울였어요.

"잘 자, 아들. 잘 자렴, 아가. 사랑한다," 아빠가
말했어요. 그리고는, 알렉스의 이마에 뽀뽀를
해주었어요. "언제나 사랑한다. 잘 자렴!"

CPSIA information can be obtained
at www.ICGtesting.com
Printed in the USA
LVHW071237050620
657479LV00009B/278